KB231015

길이 나를 지나갈 때

길이 나를 지나갈 때

발행일	2026년 2월 25일
지은이	권서연
펴낸이	손형국
펴낸곳	(주)북랩
출판등록	2004. 12. 1(제2012-000051호)
주소	서울특별시 금천구 가산디지털 1로 168, 우림라이온스밸리 B동 B111호, B113~115호
홈페이지	www.book.co.kr
전화번호	(02)2026-5777
팩스	(02)3159-9637
ISBN	979-11-7598-141-6 03810 (종이책)
	979-11-7598-142-3 05810 (전자책)

작가 연락처 문의 ▶ ask.book.co.kr

전용 게시판에 문의를 남기시면 저자에게 직접 전달됩니다.

(주)북랩 성공출판의 파트너

북랩 홈페이지와 SNS에서 다양한 출판 솔루션을 만나 보세요!

홈페이지 book.co.kr • **블로그** blog.naver.com/essaybook

출판문의 text@book.co.kr • **카톡채널** 북랩

돌아온 자리에서 다시 시작되는 신앙의 기록

길이 나를
──── 지나갈 때

권서연

북랩

길은 우리가 찾는 것이 아니라,

어느 순간 우리를 부른다.

차례

길의 시작

하늘과 땅 사이에서

내면의 순례

길의 시작

1. 로마
– 길의 시작, 빛의 침묵

새벽 네 시.
아직 도시가 완전히 깨어나기 전,
공기는 낮보다 솔직했고
마당에는 밤의 차가운 숨이 고여 있었다.
곧 떠날 사람들처럼
공기도 잠시 머뭇거리는 시간이었다.

하나둘 짐을 들고 나온 일행이
졸린 얼굴로 서로를 깨우며 웃었고,
버스 문이 '칙' 하고 열리자
새벽 공기가 먼저 올라탔다.

좌석 전등이 하나씩 켜지고
가벼운 인사와 발걸음 소리가
버스의 빈 공간을 채웠다.
시동이 걸리며 낮은 진동이 퍼질 때,
'여정'이라는 말이 그제야 몸에 와 닿았다.

출발하고 한 시간쯤 지나자
빗방울이 창가에 닿기 시작했다.
빗물은 노트의 첫 줄을 긋듯
창을 타고 흘러내렸고,
나는 그 장면을
이번 여정의 첫 표식으로 삼았다.

이 길에서 나는 무엇을 보게 될까.
말보다 앞선 질문이
첫걸음처럼 조용히 마음속에 발자국을 찍었다.

인천의 바람을 뒤로하고
낯선 언어의 공기로 들어선 밤,
긴 비행 속의 침묵은
내 안에 비워진 자리를 하나 남겼다.

밤 11시 30분,
이스탄불을 거쳐 로마에 닿았을 때
몸은 지쳐 있었지만
밤은 기대감으로 조용히 부풀고 있었다.

길이 나를 지나갈 때

2. 바울의 참수터
– 마침표 뒤에 시작된 숨표

로마의 돌길을 밟는 순간,
발바닥 아래에서 시간이 먼저 말을 걸어 왔다.
닳고 닳은 돌 위에 남아 있는 것은
발자국보다 오래된 침묵이었다.

나는 그 침묵 위에
조심스럽게 나의 걸음을 얹어 보았다.
이곳을 지나간 사람들의 삶과 멈춤이
아직 돌 사이에 남아 있는 듯했다.

그 길 끝에서
바울의 시간이 멈추어 있던 자리들을
하나씩 만나게 되었다.

첫 번째 감옥, 산 피올로 알라 레골라.
테베레강 물결처럼 은은한 그곳은
바울이 셋집에 머물며 글을 남기던 자리였다.
가택 연금이었지만, 감금은 아니었다.
오히려 그는 더 넓은 곳으로,
더 먼 곳으로 복음의 바람을 띄우고 있었다.
강단의 모자이크 속 바울은 쇠사슬에 매어 있었지만,
눈빛만은 자유인의 그것이었다.

그의 글은 쇠사슬을 뚫고,
말씀은 벽을 넘어 세상으로 흘러갔다.

두 번째 감옥, 마메르틴.
지하로 내려가는 순간
숨이 자연스럽게 낮아졌다.

길이 나를 지나갈 때

길의 시작

햇빛 한 줄기 닿지 않는 어둠 속에서
바울은 얼마나 많은 시간을
말없이 견뎌냈을까.
찬 돌바닥, 식지 않는 공기,
환기 구멍 하나에 의지해 이어가던 호흡.

그 자리에 서 있는 것만으로도
설명할 수 없는 서늘함이
천천히 몸 안으로 스며들었다.

나는 그곳에서
한없이 작아졌다.
바울이 마지막 사명을 품고 지나갔던
영혼의 깊은 골짜기 한가운데에
잠시 멈춰 서 있었다.

　　　　　길이 나를 지나갈 때

세 번째, 천국의 계단 교회.
입술에 손을 얹은 성 베네딕트 상이
말없이 우리를 멈춰 세웠다.
이곳에서는
말보다 침묵이 먼저였다.

지하 감옥 위에 세워진 성전의 천장에는
순교자를 기리는 금별이 촘촘히 박혀 있었다.
그 별들은 밝다기보다
오래 남아 있는 빛에 가까웠다.
하늘이 열렸다기보다는,
닫힌 틈 사이로
조심스럽게 스며드는 위로처럼 보였다.

우리는 계단을 따라 천천히 걸어 올랐다.
바울의 마지막 발자국을 따라가는 길,
돌과 바람 사이에는 오래된 침묵이
가만히 깃들어 있었다.

그 순간,
가슴 깊은 곳에서 설명할 수 없는
먹먹함이 차올랐다.
무언의 무게가
천천히 마음을 눌러 왔다.

나는 그 자리에서 오래 바라보았다.
셋집의 담담한 벽,
지하 감옥의 젖은 어둠,
금별 아래 머물던 침묵.
그 모든 공간에는
아직 사라지지 않은 숨결이 남아 있었다.

그가 마지막으로 남겼을 기도를
내 안에서 천천히 더듬고 있었다.

뒤돌아 나오는 길,

나의 뒤안길을 꿰뚫어 보는 듯한 오래된 나무들이

양옆으로 묵묵히 서 있었다.

그 나무들은 마치

내 연약함을 알고도 말없이 배웅하는 이들 같았다.

나는 잠시 걸음을 멈추고 고개를 천천히 숙였다.

바람이 머리칼을 스치자

작은 울림 하나가 마음을 두드렸다.

생은 끊겼으나, 복음은 멈추지 않았다.

믿음은 바울이 남긴 돌 위에 굵게 새겨져 있었고,

순례는 그 돌을 바라보는

우리의 눈길에서 다시 시작되고 있었다.

3. 나폴리
– 길 위의 바람, 흔들리는 믿음

새벽, 며칠 밀려 있던 성경을 펼쳤다.

하박국 1장.

조용한 묵상은 하루의 첫 숨을 고르게 했다.

그러나 마음 한편에서는 이미 작은 바람이 일고 있었다.

순례란 한 걸음 한 걸음 믿음 위를 걷는 일이라지만

그 믿음이 늘 단단하기만 한 것은 아니었다.

버스가 나폴리 항구로 향하던 길,

프라스까띠의 언덕 위로 우아한 저택들이 스쳐 갔다.

가이드는 세계적인 성악가 조수미의 집도
그곳에 있다고 말했다.
세상의 화려함과 영광이
잠시 창밖의 풍경처럼 지나갔다.

내 시선의 온도차 때문일까.
설렘과 낯섦이 동시에 밀려왔다.

항구에 가까워질수록
도시의 표정은 달라졌다.
낡은 건물들, 거친 벽면,
1970년대 한국의 골목을 닮은 풍경들.
화려함의 이면에 드러난 삶의 주름이
오히려 더 정직하게 느껴졌다.

길이 나를 지나갈 때

노점상 앞에서 오가는

굵은 억양의 이탈리아 말,

생선을 손질하던 노인의 손끝,

빵 반죽에 온기를 불어넣던 여인의 눈빛마다

그들의 하루가 고스란히 묻어 있었다.

신앙은 예배당에서 울려 퍼지는 찬양만이 아니라,

이런 남루하고도 숭고한 반복 속에서

천천히 몸에 배어 가는 것은 아닐까.

잊고 있던 질문 하나를

조심스레 다시 더듬어 보았다.

바다는 잔잔했다.

그러나 마음속 바람은 순풍처럼 불다가도

갑작스레 조류가 바뀌는 날의 균형처럼 흔들렸다.

두 마음 사이에서 머뭇거리는 나를 바라보다

문득 이런 생각이 스쳤다.

바울도 그 먼 길을 건너며

수없이 흔들렸을 것이다.

두려움도, 외로움도 있었을 것이다.

그럼에도 그는 멈추지 않았다.

흔들림마저
지나야 할 길의 일부였을지도 모른다.
그 바다가 나에게 가르쳐 준 진실이었다.

신앙은
흔들릴 때
더 깊어진다.

오징어 튀김과 샐러드로 차려진
소박한 점심을 마친 후,
우리는 바리항을 향해 다시 길을 이었다.
차창 밖 풍경 속에
소렌토와 카프리 섬을 정물처럼 남겨둔 채,
우리는 다시 길을 이었다.
바다의 수면 위로는
햇살이 비단처럼 미끄러지고 있었다.

긴 이동 속에서
몇몇은 말씀을 펼쳤다.
디모데후서, 사도행전,
그리고 바다 건너 쓰인 편지들.
묵상의 잠음(潛音)이
차 안에 천천히 일렁이고 있었다.

4. 바다 위의 순례
– 잦아듦과 비상의 사이

밤새 이어지던 흔들림 속에서 잠을 청했다.
크루즈 페리 '슈퍼페스트 8014호'—
가장 빠르다는 이름(Superfast)을 가졌으나,
정작 그 안의 나는 느린 호흡으로
곁을 바라보고 있었다.

네 명이 한 방을 나누어 쓰는 8층의 작은 선실은,
익숙한 얼굴들 사이의 옅은 서먹함과 함께
잠을 청하는 이들만의 친밀함이
동시에 겹쳐지는 공간이었다.

파도 위에서 같은 하루를 건너며
서로의 숨소리를 알아 가며 흘렸던 작은 웃음이
우리의 거리를 조용히 좁혔다.

선실의 은근한 떨림은
바다가 들려주는 낮은 숨결 같았고,
콘트라베이스의 깊은 현이
멀리서 조용히 울리는 것 같았다.

아침 여덟 시 반,
배는 여전히 이오니아해 한가운데 머물러 있었다.
회색빛 하늘 아래,
바다는 놀라울 만큼 잦아들어 있었다.
바람은 마치 내면의 사유처럼 기척을 숨기고 있었고,
물결은 낮은 파동으로 길게 이어지고 있었다.

조식 후, 우리는 자연스럽게 갑판으로 향했다.
브레드 카페의 아메리카노 한 잔과
바삭하게 부서지는 파인애플 파이 한 조각이
긴 항해의 피로를 가볍게 되돌려 주었다.

그때,
멀리 수평선을 스치듯
이름 모를 새 하나가 날아올랐다.
바다의 바람을 가르며
화려한 곡선을 그리는 날갯짓―
그러나 그 속에
얼마나 많은 부딪힘과
보이지 않는 시간이
겹겹이 쌓여 있었을까?
문득 그런 생각이 스쳤다.

높이 난다는 것은
빛만을 향해 가는 일이 아니었다.
견디고, 밀려오고,
다시 균형을 찾는 과정 속에서
비상은 천천히 시작되는 것,
그 새의 궤적이
오래된 깨우침처럼 마음에 남았다.

정오 무렵, 도착 지연 소식이 전해졌다.
창문 너머로 바다의 표정을 스치는 옅은 안개,
여행 가방을 베고 누운 이들과
난간에 기대어 바다의 빛을 오래 바라보던 이들.
물결 하나 없이 잦아든 바다는
말을 삼킨 듯한 정적(靜寂)을 깊게 품고 있었다.

멀리
파트라의 항구가
설렘과 기대로
서서히 다가왔다.

바다 위의 시간은
잦아듦과 비상의 사이에서
아무 말 없이 나를 건너가고 있었다.

5.파트라
– 닿음의 항구, 바다의 끝에서

멀리 수평선이 풀리듯 열리고,
바다가 언덕을 밀어 올리듯
잔잔히 숨을 고르고 있었다.
긴 항해 끝에,
드디어 파트라의 항구가 모습을 드러냈다.

푸른 바다 위로
햇살이 가느다란 실처럼 흩어졌다가
배의 그림자를 천천히 감쌌다.
마치 이제는 더 흔들릴 일이 없다는 듯,
바다는 숨을 낮게 가라앉혔다.

길이 나를 지나갈 때

그러나 항구에 닿는 일은
늘 순탄하지만은 않았다.
미로처럼 얽힌 출구 앞에서
순식간에 일행을 놓쳐 버렸다.
손짓 하나 닿지 않는 거리,
목소리도 묻혀 버리는 사람들 사이에서
나는 잠시,
그 큰 항구의 중심에 홀로 남았다.

로밍과 와이파이조차
사각지대에서 숨을 멈추고 있었다.
연결의 모든 방식이 끊어진 채
내 앞엔
낯선 사람들만 밀려왔다.

그 짧은 이탈의 순간,

나는

'닿음'이라는 단어를 떠올렸다.

우리가 누군가와 함께 길을 걷는다는 것은

결코 당연한 일이 아니었다.

누군가와 연결되어 있다는 사실은

파도가 바위에 남기는 흔적처럼

생각보다 더욱 깊은 생의 흔적이었다.

잠시 후,

일행의 익숙한 얼굴이 멀리서 손을 흔들었다.

길을 잃었다는 두려움보다

다시 닿았다는 안도가

흐릿하던 항구의 풍경을

선명하고 따뜻한 색채로 바꾸어 놓았다.

마치, 잠시 잃어버렸던

열쇠를 찾은 것처럼,

짧고 깊은 안도의 숨이 새어 나왔다.

나는 그 순간을-

'닿음'이라 부르고 싶었다.

바다의 끝이 아니라,

새로운 시작이

그곳에서 천천히 숨을 고르고 있었다.

닿는다는 건 손끝보다 먼저

마음이 머무는 일이다.

6. 고린도
– 긴 시간의 잔향

파트라를 지나 고린도로 향하는 길,
바다는 멀어지고
흙냄새가 짙어졌다.

멀리서 아크로코린토스의 성벽이 모습을 드러냈다.
그 아래로 바울과 그 일행이 사역했던 유적들이
장엄하게 펼쳐져 있었다.
수많은 발자국의 지문이 배어 있었고,
그 자리에 머물렀던
시간의 무게는 깊었다.

낯설지 않은 전율을
한 발 한 발 밟으며 실감했다.
이곳이 누군가에게는 역사이고,
누군가에게는
신앙의 출발점이었다는 사실에서
온 전율이었다.
그 감각은 과장된 감동이 아니라
"이곳에 사람이 서 있었다"는
단단한 흔적에서 천천히 스며 나왔다.

길이 나를 지나갈 때

햇살은 점점 붉게 기울고 있었다.
유적을 천천히 둘러보다가
겨자꽃이 길가에 줄지어 서 있는
모습이 눈에 들어왔다.
마른 줄기를 조심스레 만지자
작은 씨앗 알갱이가
손바닥에 고였다.
나는 그 작은 온기를
손에 꼭 쥐었다.

석양은 일행의 등을 천천히 덮고 있었다.
붉은 빛이 길 위로 퍼지며
우리의 그림자를 길게 늘렸다.
걸어온 길 뒤편으로
기나긴 시간의 잔향 같은 울림이
내 안에서 조용히 살아나고 있었다.

하늘과 땅
사이에서

7. 메테오라
– 하늘에 닿은 기도

버스는 굽이진 산길을 따라
천천히 올랐다.
창밖으로 절벽이 겹겹이 이어지고
그 위에 수도원들이
하늘에 걸린 바위처럼 매달려 있었다.

메테오라,
이름 그대로 공중에 떠 있는 곳.
수만 년의 침식과 단절을 견딘 바위들이
세월을 베개 삼아 솟아 있었고,
그 위에 수도사들은
다시 시간을 쌓아 올렸다.

햇빛이 한발 물러서 있던 그날,
비를 머금은 안개와 운무가 절벽을 감싸며
수도원과 하늘 사이에
묘한 그늘을 만들고 있었다.
먼 곳에서 바라본 성 스테파노 수도원은
붉은 지붕이 아니라
희미한 윤곽만 남은 실루엣처럼
낮게 숨을 고르고 있었다.

입구에는 많은 순례객이 모여 있었지만
누구도 먼저 길을 차지하려 하지 않았다.
계단 하나를 오르며
서로의 어깨를 조심스레 비켜 주었다.
말 없는 배려가
그 자체로 하나의 기도가 되는 자리였다.

길이 나를 지나갈 때

안으로 들어서는 순간,

공기가 달라졌다.

빛 대신 오랜 세월이 발효되어 만들어 낸 내음이

여백처럼 고요하게 떠 있었다.

돌벽은 축축한 어둠을 품고 있었고,

좁은 복도는

발자국 소리마저 낮게 울렸다.

벽화들은 오래된 색을 간직한 채

금빛도 붉은빛도 거의 지워진 모습으로

묵묵히 그 자리를 지키고 있었다.

그곳에서는 누구도 높게 말하지 않았다.

침묵은 소리보다 낮은 움직임으로 이어졌고,

숨과 숨이 맞닿는 리듬이

어둠 한가운데 작은 떨림처럼 퍼졌다.

길이 나를 지나갈 때

들숨마다 스며든 기도들이
안개처럼 공기 속에 섞이고,
아직 말이 되지 못한 마음들이
서로를 밀어내지 않은 채
그 자리에 머물러 있었다.

말로 완성되지 않은 여백은
그날의 무게를
침묵으로 견디고 있었다.

밖으로 나오자 안개가 계곡을 덮고 있었다.

바람이 스치자 운무가 천천히 갈라지며
절벽 아래 세상이 잠시 드러났다 사라졌다.
그 경계의 흐림 속에서
나는 왜 이곳이 '메테오라',
즉 공중에 떠 있다 전해지는지
설명 없이도
충분히 알 것 같았다.

그 순간,

땅은 더 낮아지고 하늘은 더 가까웠다.

단절과 연결의 경계 위에서

나는 잠시 여백의 한 면에 서 있었다.

하늘에 더 가까워지는 일은

높이 오르는 일이 아니라,

침묵에 머무는 일이다.

8. 빌립보
– 흘러가지만 머무는

버스가 멈추자
아침 햇살이
숲 사이로 산뜻하게 번져 나갔다.
맑은 물이 소리 내며 흐르고 있었고
그 소리는
마음 한편을 은근히 두드렸다.

이곳, 루디아가 세례를 받았던 자리.
강가에서
처음 복음이 유럽 땅을 적셨던 순간이
물결 따라 여전히 살아 있는 듯했다.

우리는 자연스레

원을 이루어 서 있었다.

바람이 가볍게 스쳐 머리칼을 흔들었고,

촬촬 흐르는 냇물 소리가

무언의 메시지를 건네는 듯했다.

형체 없는 오래된 편지가

손끝에 스치고 지나가는 듯했다.

기도처를 찾아 문밖 강가로 나갔더니…
드로아에서 배로 떠나 이튿날 빌립보에 이르니…

빛살과 어우러진 물소리는
말없이 우리의 마음까지 적셨다.
그 순간, 바울과 루디아가
바로 저 물 위에 조용히 서서
우리를 바라보는 것만 같았다.

누군가는 손을 모으고
어떤이는 두 눈을 감은 채
물소리를 가만히 들었다.
말하지 않아도
전해지는 울림이
각자의 가슴에
은근히 스며들었다.

길이 나를 지나갈 때

나는 한참을 그 자리에 머물렀다.

물은 끊임없이 흘러가지만,
이곳에 남은 기억은
쉽게 떠나지 않는 것처럼
냇가는 여전히
잔잔한 물소리를 내며
숨 쉬고 있었다.

9. 에베소
– 세속의 중심에서

이른 시간,
날 선 햇살이 유적 위로 쏟아졌다.
대리석이 깔린 중앙로에 첫 발을 내딛는 순간,
숨이 덜컥 멎었다.

거대한 도시의 잔해,
끝이 보이지 않는 도로,
빛을 머금고 서 있는 수많은 기둥들—
한때는
황홀할 만큼 찬란했던 흔적들.

이 도시는 한때
지혜와 철학, 쾌락과 권력이
가장 화려하게 뒤섞이던 중심이었다.
사람들의 욕망이
신의 이름으로 둔갑하던 자리.

그 한가운데서
바울은 다른 언어로 사랑을 말했다.
값을 매길 수 없는 사랑,
거래되지 않는 사랑,
쉽게 소모되지 않는 사랑,
끝까지 버티는 사랑.

걸음을 옮길수록
가이드의 목소리가 돌기둥에 부딪혀
되돌아왔다.

"사람들은 지혜를 이야기했지만,
사랑은 흥정되고 있었습니다."
"향락은 화려했고,
사랑은 욕망으로 포장되어 있었습니다."

폐허 위에 겹겹이 쌓인 역사가
그 말을
증언하고 있었다.
바울의 선언이
오래된 대리석 틈에서 다시 울렸다.

"사랑은 오래 참고, 사랑은 온유하며,
교만하지 아니하며, 모든 것을 믿으며,
바라며, 견딘다."

뜨거운 햇살 아래,
그 말씀은 여전히
살아 숨 쉬듯
기둥 사이를 지나고 있었다.

각처에서 모여든
순례객들은 말없이 걸었다.
각자의 어깨 위로
그 말의 무게가 조용히 내려앉았다.

무너진 것들은 많았으나-
끝내 남아 있던 것은
'사랑'이라는 한 단어였다.

10. 드로아에서 앗소로 가는 옛길
– 이미 걸어본 길처럼

사도 바울이 말년에 걸었던 길,
드로아에서 앗소로 이어지는 돌로 된 옛길을
우리도 잠시 걸어 보기로 했다.

오랜 세월 수많은 발길에 닳아
반들반들해진 돌길은
여전히 그날의 고독과 결단을
묵묵히 품고 있었다.

길이 나를 지나갈 때

그는 예루살렘을 향하기 전,
전체 여정 62.77km 가운데
약 20km를 홀로 걸었다고 전해진다.
돌아오지 못할 수도 있다는 걸 알면서도
몸으로 결단을 옮겼던 길.

우리는 그 길의 일부를
말없이 걸었다.
침묵이 먼저 앞서가면
발걸음이 그 뒤를 따랐다.
시간으로는 2~30분 남짓이었지만
마음은 시공의 층위를 지나
훨씬 더 멀리 걷고 있었다.

우산 위로 흐르는 빗줄기가 제법 굵어졌다.
주룩주룩 내리는 빗소리에
생각의 속도를 늦추며
걸음마다 여백을 만들었다.

언덕 아래로는
안개에 잠긴 앗소 항구가 희미하게 보였고,
멀리 바라보이는 산 위에는
안개 속에 잠긴 앗소성이
묵묵히 자리를 지키고 있었다.

우산 너머의 풍경은
마치 시간의 장막을 한 겹 걷어내면
그의 그림자가
잠시 스쳐 갈 것만 같았다.

길이 나를 지나갈 때

침묵 속을 걷다가 나는 그만
오른발이 돌부리에 걸려 넘어지고 말았다.
무릎에는 풀 가시가 박혔고
오른팔에는 금세 멍이 번졌다.
누가 볼세라 아무 일 없었다는 듯
재빨리 몸을 일으켰다.

바울도 이 길을 걸으며
넘어지고, 주저앉고,
때로는 허기를 견뎠을 것이다.
그럼에도 멈추지 않았다는 사실이
이 길 위에 고스란히 남아 있으리.

길이 나를 지나갈 때

그를 다시 걷게 한 것은
육신의 힘이 아니라
소명과 사명의 방향,
끝내 놓지 않기로 한 마음이었을 것이다.

그날의 넘어짐은
부끄러움이 아니라
길 위에 남은
작고 조용한 감사였다.

11. 두아디라, 애비아 섬
− 가느다란 연결 앞에서

햇살은 여전히 밝았지만,
도시의 공기는 묘하게 가라앉아 있었다.
빛과 온도가 어긋난 아침이었다.

이곳은 한때
무역과 직물로 번성했던 도시였다.
빛을 다루던 사람들의 손끝에서
얼마나 많은 색이 태어나고
또 사라졌을까.

빛바랜 천처럼-

두아디라는 조용히 퇴색해 있었다.

오래된 교회의 돌기둥 사이로-

빛이 스며들고 있었다.

그 빛 앞에서 잠시 멈춰 섰다.

내 안에 아직 남아 있는 색은 무엇이고,

이미 바래버린 색은 무엇일까.

차창 너머로 애비아섬이 보였다.

바다에 둘러싸여 있으면서도

본토와는 가느다란 길 하나로 이어진 섬.

가까이 있으나

쉽게 닿지 못할 것 같은 그 거리감이

묘하게 마음을 건드렸다.

요한계시록의 말씀이 떠올랐다.

"네 행위와 사랑과 믿음과 섬김과 인내를 아노니,
그러나 이세벨을 용납하였도다."

칭찬과 책망이
같은 문장 안에서 숨을 섞고 있었다.

그 말씀이
마음 한쪽에 잠시 걸렸다가 지나갔다.
겉으로는 여전히 믿음의 색을 지닌 듯 보이지만,
내 안의 빛은
어느새 조금 옅어져 있었는지도 모른다.

알면서도 넘기던 순간들 앞에서,
나는 언제부터
스스로를 설득하고 있었을까.

바다는 아무 말도 하지 않았고,
섬의 윤곽은 점점 멀어졌다.
그때 햇살이 물결 위에 스며들며
사라진 색을 다시 덧입히듯
잠시 반짝였다.

그 찰나의 빛이
본토와 섬을 잇는 가느다란
다리 위를 흐르고 있었다.
끊어질 듯 위태로운 저 길이야말로
퇴색된 내 마음과 본질의 빛을 잇는
유일한 감각일지도 모른다.

빛은 멀어지지 않았다.
내 시선이 흐려졌을 뿐이다.

내면의 순례

12. 라오디게아
– 깨어 있으라

가을빛이 짙었다.
햇살은 뜨거웠고,
바람은 서늘했다.

버스에서 내리자
끝없는 평야 너머로
거대한 돌기둥들이 눈에 들어왔다.
한때 이곳은
소아시아에서 가장 번성한 도시였다 한다.
황금과 옷감, 의술로 이름났던 부유한 도시—
그러나 신앙은 서서히 식어 가던 도시였다.

길이 나를 지나갈 때

"네가 차지도 아니하고 뜨겁지도 아니하도다
네가 차든지 뜨겁든지 하기를 원하노라."

그 말씀이 먼저 나를 향해 와 닿았다.
차지도, 뜨겁지도 않은 상태—
들켜 버린 마음처럼
가슴 한쪽이 순간적으로 움찔했다.
나는 그 감각을 애써 눌러 두고
광장 안으로 걸음을 옮겼다.

붉은 흙 위에 세월이 겹겹이 내려앉아 있었다.
발굴 중인 원형극장은
아직 반쯤만 모습을 드러낸 채,
흙 속에서 돌기둥과 계단이
천천히 깨어나고 있었다.

사람들이 많았다.
가이드의 설명, 셔터 소리,
발끝에서 자갈이 부딪히는 소리—
처음엔 소음처럼 들리던 것들이
어느 순간 하나의 숨결처럼 얽혔다.

누군가는 돌기둥에 손을 얹고 기도했고,
누군가는 눈부신 햇살을 손으로 가리며
하늘을 올려다보았다.
우리 모두는 설명을 따라 걸음을 재촉하며
이 유적을 지나가고 있었다.

그 순간,
오래전 사람들의 웅성거림이
바람 사이로 스쳐 지나가는 듯했다.

"살았다 하는 이름은 가졌으나 죽은 자로다."

사데 교회를 향한 말씀이
라오디게아의 폐허 앞에서도 메아리쳤다.
화려함 속에서 식어 버린 신앙,
그리고 오늘의 우리.
나는 지금 어디쯤 서 있는 것일까?

햇살이 돌기둥을 비췄다.
빛은 바람에 흔들리며
마치 신호처럼 깜박였다.

　　　　　길이 나를 지나갈 때

깨어 있으라-

그 말씀은 여전히

우리의 마음을 두드리고 있었다.

13. 파묵칼레
– 물살의 변주

멀리서부터
하얗게 빛나는 산이 보였다.
눈일 거라 생각했지만, 가까이 다가가자
땅속 깊은 곳에서 데워진 온천수가 흘러내리며
바위를 덮어 만든
흰빛의 지층이 드러났다.

수천 년 동안
뜨거운 물이 솟구쳐 오르고,
흐르고, 식어 가며 남긴 흔적.
엉겨 붙고, 굳고,
다시 흘러내리며 빚어진 흰빛의 단면은
쉽게 사라지지 않는
마음의 층을 닮아 있었다.

길이 나를 지나갈 때

관계도 그와 닮았다.
쉽게 말해지지 않은 오해들,
끝내 다 풀지 못한 갈등과 회한들,
말없이 겹겹이 내려앉은
감정의 부스러기들이
흰 지층처럼
어느새 마음의 바닥에
층층이 쌓여 간다.

하지만
어느 시점, 어떤 물을 만나
남아 있던 것들이
말갛게 풀려 나가기도 한다.

길이 나를 지나갈 때

온천수는 뜨겁지도 차갑지도 않았다.

식어 내려오며 은은함을 품게 된 물이었다.

그러나 그 은은한 온기 아래에는

한때 땅속에서

거세게 끓어 오르던 뜨거움이 있었을 것이다.

부딪히고, 깨지고,

방향을 잃던 순간들의 압력이

보이지 않는 깊은 곳에서

오랫동안 축적되었다가

이윽고 길을 찾아 솟아오르며

누구나 머물 수 있는

물결이 된 것이다.

발을 담그자
땅속의 뜨거움이 식어 만들어 낸
이 은은함은
오히려 내 안의 심층을
천천히 건드렸다.
나 또한 뜨거움만을 탓하며
식어 가는 마음을 외면한 날들이 있었음을
물결은 조용히 일깨웠다.

멀리 층층이 겹쳐진 석회 위로
사람들의 그림자가
길게 드리워졌다.
빛이 지나간 자리마다
그림자가 남듯
지나온 마음에도 지워지지 않는
온도의 흔적이 남아 있었다.

파묵칼레의 물살은
뜨거움에서 은은함으로 옮겨 가는 과정,
누구나 편히 쉬어 갈 수 있는
온도로 내려오는 일이 짧은 선택이 아니라
오랜 시간의 누적에서 비롯된다는 사실을
발끝 깊숙이 전해주었다.

14. 데린쿠유
– 가장 깊은 곳의 시작

길이 나를 지나갈 때

갑바도기아의 붉은 흙길을 달리고 있었다.
사파리를 타고 이동하는 동안
붉은 흙먼지가 황사처럼 공중에 떠올라
풍경을 잠시 흐리게 했다.

창밖의 풍경은 태초의 우주처럼 고요했고,
붉은 대지는 오래된 시간의 빛을 머금은 채
말없이 펼쳐져 있었다.

이곳은
영화 *스타워즈*의 촬영지로 알려진 곳이었다.
현실과 환상이 잠시 겹쳐졌지만,
차창 너머의 풍경은
그 어떤 상상보다 오래된 기억처럼 느껴졌다.
앞으로 나아가고 있었으나,
시간은 오히려
깊은 과거로 내려가고 있는 듯했다.

동시성—

어제와 오늘과 내일이

하나의 선분 위에 겹쳐 놓인 것 같은,

짧은 현기증이 스쳤다.

곧 도착한 곳은 데린쿠유.

침입을 피해 땅속으로 파고든 지하 도시.

'깊은 우물'이라는 이름처럼

아래로 내려갈수록 끝을 가늠할 수 없었다.

낮은 입구를 지나자

손전등 불빛이 벽을 더듬으며 길을 열었다.

통로는 미로처럼 얽혀 있었고,

한 사람이 겨우 지나갈 만큼 좁았다.

서늘한 공기 속에

긴 세월이 눅진하게 가라앉아 있었다.

길이 나를 지나갈 때

지하 80여 미터,

구불구불하게 이어진 깊이마다

생활의 흔적이 희미하게 남아 있었다.

빛이 들지 않는 어둠 속에서

그들은 떡을 나누고, 찬송을 부르며,

서로의 숨을 지켜냈다.

나는 그 자리에서 걸음을 멈췄다.

차가운 돌벽에 손을 얹자,

그 안에서 수백 년의 기도가

아직 식지 않은 채 이어지고 있는 듯했다.

"시련이 닥치는 것을 이상한 일로 여기지 말고,

그리스도의 고난에 참여하는 자로 즐거워하라."

그 말씀이 바위 틈을 따라
낮게 스며드는 것 같았다.

어둠은 신앙의 끝이 아니라,
오히려 가장 깊은 곳에서 길어 올린 시작이었다.

15. 괴레메
– 보이지 않는 불빛

'보이지 않는다, 볼 수 없다' ─
'괴레메'라는 이름에 담긴 뜻이다.

데린쿠유 지하의 길을 벗어나자
찬 공기 대신 따뜻한 햇살이 얼굴을 스쳤다.

붉은 대지는 다시 넓게 펼쳐졌고,
바람은 잠잠했지만
햇살은 가릴 것 없이 쏟아져
대지를 정면으로 두드리고 있었다.

길이 나를 지나갈 때

웅크린 거인의 등뼈처럼,

바람이 깎고 세월이 벼린

거대한 시간의 지형.

오르타히사르와 우치사르.

햇살을 정면으로 받은 바위집들이
눈을 찌를 만큼 선명하게 솟아 있었다.
절벽에 난 창들 속으로
사람들의 시간이 오가고 있었고,
삼천오백 여년의 시간은
이 땅에 아직 식지 않은 온기로 눌러앉아
풍경에 겹을 남기고 있었다.

우리는 걸음을 멈추고
바위로 된 마을을 오래 바라보았다.
바위 속에서 이어져 온 삶의 흔적들이
햇살 아래 묵묵히 되비치고 있었다.
고개를 돌리자
골목마다 여행객들의 차가 늘어서 있었지만,
이곳의 하루는 그 소음 너머에서
여전히 자기만의 속도로 흘러가고 있는 듯했다.

나는 잠시 자리를 비켜서듯 시선을 돌렸다.
겉으로는 고요해 보였지만,
이 마을에는 보이지 않는 불빛이 숨어 있었다.
불꽃은 감춰져 있어도
삶을 지탱해 온 온기가
암벽의 모서리를 따라 천천히,
그러나 분명하게 번지고 있었다.

보이지 않아도 꺼지지 않는 것이 있다.
삶을 지탱해 온 불빛은
늘, 가장 깊은 곳에서 번진다.

16. 길 위의 아침
– 돌아온 자리에서

여행은 끝났지만,
하루를 대하는 나의 방식은
아직 길 위에 있다.

아침은 특별할 것 없이 흘러가고 있지만,
나는 그 평범한 찰나들을
전보다 오래 붙잡아 둔다.

서두르지 않아도 될 것 같은 마음,
굳이 속도를 높여 앞서가지 않아도
하루는 이미 제 몫의 무게로
충만하게 흐르고 있다는 이 고요한 감각.

오늘은,

다시 걷기에 충분한 시간이다

어디로 향하는지 분명하지 않아도,

조금 더 다정하게,

조금 더 천천히

걷고 싶어지는 아침이다.

커피 향이 퍼지고,

햇살이 실내로 천천히 스며든다.

그 빛이

머그컵의 가장자리를 돌아

잠시 머물다,

지나간다.

아무 일도 일어나지 않는 이 순간이

이상하리만큼 충분하다.

길은 떠나는 곳에 있는 것이 아니라,

다시 돌아온 자리에서

비로소 시작된다.

신은 우리가 이해한 끝에 있는 분이 아니라,

우리가 걸어가야 할 길 안에 계신다.